Un secret pour grandir

On ne fait pas un voyage,
c'est le voyage qui vous fait.

Nicolas Bouvier

Pour Marie et Adrien
CN

Pour Kuke
CC

Corrections **Un secret pour grandir**

Loi N° 49 956 du 16 juillet 1949,
sur les publications destinées à la jeunesse :
octobre 2003.
Dépôt légal : octobre 2003

Typographie : *Architexte,* Bruxelles
Photogravure : *Media Process,* Bruxelles
Imprimé en Belgique par *Proost*

ISBN 2 211 **066 51** 8 | 10.03 | **13.50 €**

Un secret pour grandir

Un conte de Carl Norac
illustré par Carll Cneut

PASTEL
l'école des loisirs

«Quand je serai grand, je ferai le tour du monde», dit souvent Salam.
«Tu ne seras jamais grand. Tu es si petit et léger, lui répondent les gens.
Fais attention : si tu ne te méfies pas, un jour le vent t'emportera.»

Salam ne veut plus que l'on se moque de lui. Il part en cachette de sa maison avec un grand sac vide. "Dans ce sac, je mettrai tout ce que je trouverai pour m'aider à grandir, décide-t-il. Tant que je ne l'aurai pas rempli, je ne reviendrai pas chez moi."

Salam comprend que pour remplir ce sac, il devra marcher longtemps. Il quitte la grande ville pour la première fois. Il s'aperçoit qu'après, il n'y a plus rien. C'est un long paysage sans aucune maison et où les chemins montent toujours.

"À qui demander par ici un secret pour grandir ?" songe Salam. Soudain, il sent que quelqu'un le bouscule. C'est le vent. Il a monté ce chemin en même temps que lui. Il a soufflé d'abord sur les pieds de Salam, puis a tourné autour de sa tête. Maintenant, le vent le pousse fort, si fort dans le dos que Salam se soulève et s'envole.

Pendant un court moment, Salam est content. On se sent grand quand on est porté par le vent. Un instant plus tard, il a surtout très peur. «Hé, le vent, repose-moi sur la terre, s'il te plaît !» crie Salam. Mais le vent n'en fait qu'à sa tête.
Il continue à emmener cet enfant trop léger.

Plus loin, Salam essaie de se raccrocher aux branches d'un arbre. Il n'y arrive pas. Il n'emporte avec lui que quelques grandes feuilles et les met dans son sac.

Encore plus loin, Salam essaie de se raccrocher à la colline. Il n'y arrive pas. Du bout des doigts, il n'arrache qu'un caillou et le met dans son sac.

Toujours plus haut, il essaie de se raccrocher à un oiseau.
Il n'y arrive pas. Il n'arrache qu'une plume et la met dans son sac.

Beaucoup plus loin et beaucoup plus haut, Salam essaie
de se raccrocher à une montagne. Il n'y arrive pas.
Il n'emporte avec lui que de la neige et la met dans son sac.

Salam voyage ainsi longtemps, sans le vouloir. Le vent finit par se calmer peu à peu. Le sac de Salam est devenu lourd. Le garçon sent qu'il descend, descend. Il atterrit dans le sable. Il regarde autour de lui.
Il y a du sable au nord, du sable au sud, du sable à l'est, du sable à l'ouest.
"Je suis au milieu du grand désert, se dit Salam. Où aller maintenant ?
Je ne trouverai jamais mon chemin."

Salam a très soif. Alors, il prend dans son sac le morceau de neige déjà en train de fondre et le boit doucement. Ensuite, Salam regarde au-dessus de lui. Il voit des vautours qui tournent dans le ciel et s'approchent pour l'attaquer. Vite, Salam prend dans son sac le caillou et le lance sur eux. Quand le caillou retombe dans le sable, il le ramasse et le lance à nouveau. Bientôt, il réussit à chasser tous les oiseaux de proie.

Salam n'a plus soif pour l'instant. Il vient de sauver sa vie, mais il est toujours seul et perdu. Alors, il sort de son sac les grandes feuilles de l'arbre et la plume. Lentement, avec la plume, il trace deux mots sur chaque feuille : "*Au secours.*" Comme le vent souffle encore un peu, Salam jette les feuilles en l'air aussi loin qu'il le peut. Les messages s'envolent. Salam s'assied. Il attend. Il espère.

Pas de réponse. Personne ne vient. "Dois-je partir ou rester ici ? se demande Salam. Quoi que je fasse, je n'arriverai nulle part avant la froide nuit." Soudain, Salam voit au loin un homme sur un chameau. Ce doit être un bédouin. "Si je lui fais signe, il ne me verra pas. Je suis trop petit", pense Salam. Alors, il rassemble ses dernières forces et s'apprête à rejoindre l'homme et le chameau avant qu'ils ne disparaissent.

Mais ce n'est pas la peine. Le bédouin arrive droit sur lui, comme s'il l'avait repéré de très loin. «Monte derrière moi. Partons !» dit-il seulement à Salam. Ils s'en vont.
Salam est si heureux, serré derrière cet homme silencieux.
Un long moment plus tard, Salam se rend compte qu'il a oublié son sac. Il n'ose pas demander au bédouin de faire demi-tour.
"De toute façon, je n'en ai plus besoin. J'ai grandi", se dit-il.

Le chameau avance de dune en dune. Le bédouin ne dit toujours rien. Lorsqu'ils arrivent à la ville, Salam veut quand même lui poser une question. «Si vous êtes venu me chercher, est-ce parce que vous avez trouvé une feuille ?» lui demande-t-il. «Non, c'est le vent qui m'a parlé, répond l'homme du désert. Il a lu ton message et il m'a demandé, en soufflant doucement, de te ramener chez toi».